CATALOGUE

DE

TABLEAUX MODERNES

ET QUELQUES

TABLEAUX ANCIENS

ŒUVRES DE :

BAUDRY, BERCHÈRE, BONNAT, BRILLOUIN, BROWN, CHINTREUIL
DE COCK, COROENNE, COROT, COURBET, COUTURE
DAUBIGNY, DIAZ, ALFR. DE DREUX, HÉREAU, HOGUET, ISABEY, LAPOSTOLET
LÉPINE, LEPOITEVIN, MAZEROLLE, MURATON, PALIZZI, PASINI
PELOUSE, PROTAIS, ROQUEPLAN
PH. ROUSSEAU, TROYON, ETC., ETC. — GÉRICAULT, MICHEL, ETC.

AQUARELLES ET DESSINS

PAR

BARYE, BISÉO, BONVIN, GÉRICAULT, HEILBUTH, HUBERT ROBERT,
E. LAMY, MILLET, ROSA BONHEUR, ETC.

DONT LA VENTE AURA LIEU

HOTEL DROUOT, SALLE N° 8

Le Vendredi 25 Mars 1881

A DEUX HEURES PRÉCISES

Par le ministère de Mᵉ **CHARLES PILLET**, commissaire-priseur,
10, rue de la Grange-Batelière,

Assisté de **M. E. FÉRAL**, Peintre-Expert, 54, Faubourg Montmartre.
Chez lesquels se trouve le présent Catalogue.

EXPOSITIONS }
PARTICULIÈRE : le Mercredi 23 Mars 1881,
PUBLIQUE : le Jeudi 24 Mars 1881,

DE UNE HEURE A CINQ HEURES

CONDITIONS DE LA VENTE

Elle sera faite au comptant.

Les acquéreurs payeront en sus des adjudications, *cinq pour cent* applicables aux frais.

Paris. — Typ. Pillet et Dumoulin, rue des Grands-Augustins, 5.

DÉSIGNATION

TABLEAUX MODERNES

ANASTASI

1 — Troupeau en marche.

BAUDRY

2 — Germania.

Esquisse terminée d'un dessus de porte
de l'Opéra.

Toile ovale. Haut., 31 cent.; larg., 24 cent.

BERCHÈRE

3 — Aux environs du Caire.

BLOCK

(EUGÈNE DE)

(DEUX PENDANTS)

4 — L'Enseignement libre et l'enseignement obligatoire.

Toiles. Haut., 83 cent.; larg., 57 cent.

BLOCK

(EUGÈNE DE)

5 — Marine. — Soleil couchant.

Toile. Haut. 25 cent.; larg., 39 cent.

BLOCK

(EUGÈNE DE)

6 — La Sœur aînée.

Bois. Haut., 33 cent.; larg., 46 cent.

BONNAT

7 — Portrait de Victor Hugo.
En buste, de grandeur naturelle.

Esquisse pour le portrait qui a figuré au Salon de 1879.

BRILLOUIN

(GEORGES)

8 — La Chanson.   *600*

Bois. Haut., 25 cent.; larg., 17 cent.
800

BROWN

(JOHN LEWIS)

9 — Le Départ pour la chasse.   *1.030*

Toile. Haut., 80 cent.; larg., 50 cent.
1000

BROWN

(JOHN LEWIS)

(PENDANT DU PRÉCÉDENT.)

10 — Retour de chasse.   *670*

Toile. Haut., 80 cent.; larg., 50 cent.
1000

CHARLET

11 — Bataille.   *127*

Toile. Haut., 43 cent.; larg., 52 cent.
250

CHARLET

(Attribué à)

80 **12** — Retraite de Russie.
150

Bois. Haut., 36 cent.; larg., 53 cent.

CHINTREUIL

200 **13** — Falaise en Normandie.
400

Toile. Haut., 35 cent.; larg., 70 cent.

COCK

(CÉSAR DE)

510 **14** — Les Laveuses.
400

Toile. Haut., 47 cent.; larg., 64 cent.

COCK

(CÉSAR DE)

300 **15** — Chemin sous bois.
400

Toile. Haut., 47 cent.; larg., 64 cent.

COCK
(DE)

16 — Les Petits vendangeurs.

COROENNE

17 — Un Gentilhomme.

Bois. Haut., 30 cent.; larg., 20 cent.

COROENNE

18 — Le Violoncelliste.

Bois. Haut., 36 cent.; larg., 27 cent.

COROT

19 — Forêt de Fontainebleau. — Etude.

Provenant de la vente après le décès de l'artiste.

Bois. Haut., 21 cent.; larg., 26 cent.

COURBET

20 — Portrait de Pierre Dupont.

En buste, de grandeur naturelle.

Toile. Haut., 53 cent.; larg., 40 cent.

COUTURE

(THOMAS)

21 -- Joseph vendu par ses frères.

> Tableau de concours, peint par l'artiste, en 1839.

COUTURE

(THOMAS)

22 — Première Pensée pour la décadence des Romains.

> Esquisse.
>
> Toile. Haut., 16 cent.; larg., 21 cent.

COUTURIER

23 — La Basse-cour.

DAGNAN

24 — Cours d'eau traversant un village. — Vue prise près Rouen.

> Toile. Haut., 1 m. 10 cent.; larg., 1 m. 47 cent.

DAMOYE

25 — Chemin près l'île Adam.

Bois. Haut., 31 cent.; larg., 56 cent.

DAUBIGNY

26 — Chemin sous bois.

Toile. Haut., 65 cent.; larg., 46 cent.

DEFAUX

(A.)

27 — Cour de ferme.

Toile. Haut., 1 m.; larg., 80 cent.

DELACROIX

(Attribué à EUGÈNE)

28 — Paysage. — Effet de clair de lune.

Toile. Haut., 33 cent.; larg., 25 cent.

DIAZ

(N.)

29 — Turcs fumant au bord d'un cours d'eau.

Toile. Haut., 22 cent.; larg., 27 cent.

DIAZ

(N.)

360
30 — Les Baigneuses.

800

Salon de 1834.

Toile. Haut., 25 cent.; larg., 33 cent.

DIAZ

(N.)

Kann   *900*
31 — Chemin dans la forêt.

600

Bois. Haut., 15 cent.; larg., 21 cent.

DREUX

(ALFRED DE)

Madou   *1210*
32 — Promenade en forêt.

1000

Toile. Haut., 24 cent.; larg., 32 cent.

DREUX

(ALFRED DE)

1110
33 — Course en plaine.

1000

Toile. Haut., 24 cent.; larg., 32 cent.

DUPRÉ

(VICTOR)

34 — Les Bords de la Marne.

FAUVELET

35 — Devant le feu.

Bois. Haut., 31 cent.; larg., 23 cent.

GALIBERT

36 — Nature morte.

Toile. Haut., 37 cent.; larg., 55 cent.

HÉREAU

(JULES)

37 — Au bord de la Meuse, aux environs de Rotterdam.

Au premier plan, un troupeau de vaches se désaltèrent.

Toile. Haut., 80 cent.; larg., 1 m. 20 cent.

HÉREAU
(JULES)

320 / *500*   38 — Au bord de la Tamise.

Toile. Haut., 65 cent.; larg., 90 cent.

HÉREAU
(JULES)

500 / *400*   39 — Moutons au pâturage. — (Normandie).

Toile. Haut., 58 cent.; larg., 72 cent.

HERVIER

40 — Les Chaumières.

HOGUET
(CHARLES)

320 / *400*   41 — La Marchande de vollaille.

ISABEY
(EUGÈNE)

Barbidimu 680 / *500*   42 — Orage en pleine mer.

Bois. Haut., 60 cent.; larg, 42 cent.

LAMBINET

43 — Entrée de village. — Soleil couchant.   *1 ?*

    Provenant de la vente après le décès de l'artiste.   *2 ?*

Toile. Haut., 25 cent.; larg., 20 cent.

43 *bis paysage par Lambinet*   120

250

LANGEROCK

(DEUX PENDANTS)

44 — Chemins sous bois.   *165*

300

LAPOSTOLET

45 — Vue de la Seine, près Rouen.   *300*

500

LÉPINE

46 — Entrée de village.   *300*

Toile. Haut., 46 cent.; larg., 54 cent.

400

LÉPINE

47 — Plage à marée basse.   *9 ?*

Toile. Haut., 26 cent.; larg., 40 cent.

120

LÉPINE

100 48 — Entrée d'un port.
120
Toile. Haut., 20 cent.; larg., 32 cent.

LEPOITEVIN

201 49 — Le Chaperon rouge.
200

LEYS

(Attribué au baron H)

50 — Une Procession. — Effet de lumière.

Esquisse.
Bois. Haut., 28 cent.; larg., 36 cent.

LUMINAIS

560 51 — Gaulois donnant le signal.
800
Toile. Haut., 45 cent.; larg., 37 cent.

MAZEROLLE
(J.)

720 52 — Les Marionnettes.
1500
OEuvre importante de l'artiste.
Daté 1855.
Ayant figuré à l'Exposition Universelle de 1855.
Toile. Haut., 1 m. 10 cent.; larg., 1 m. 40 cent.

MOORMANS

53 — Le Déjeuner.

Bois. Haut., 30 cent.; larg., 40 cent.

MURATON

(A.)

54 — La Laitière.

Toile. Haut., 47 cent.; larg., 34 cent.

MURATON

(MADAME)

55 — Groseilles blanches et groseilles rouges.

Toile. Haut., 36 cent.; larg., 50 cent.

MURATON

(MADAME)

(PENDANT DU PRÉCÉDENT)

56 — Chrysanthèmes blanches et roses.

Toile. Haut., 36 cent.; larg., 50 cent.

MUSIN

57 — Combat naval.

Toile. Haut., 1 m. 15 cent.; larg., 1 m. 80 cent.

MUSIN

58 — Combat naval.

Toile. Haut., 1 m. 15 cent.; larg., 1 m. 80 cent.

PALIZZI

(GUISEPPE)

59 — Chèvres blanches, dans un jardin.

Bois. Haut., 15 cent.; larg., 12 cent.

PASINI

(DEUX PENDANTS)

60 — Paysages.

Effet de soleil levant.
Effet de soleil couchant.

Bois. Haut., 26 cent.; larg., 35 cent.

PECRUS

(G.)

61 — Coquetterie.

Bois. Haut., 31 cent.; larg., 22 cent.

PELOUSE

(LÉON-G.)

62 — Chaumière près d'un ruisseau.

PICOU

(HENRI)

63 — La Marchande d'émérillons.

Toile. Haut., 62 cent.; larg., 50 cent.

PICOU

(HENRI)

64 — L'Amour puni.

Toile. Haut., 60 cent.; larg., 48 cent.

PROTAIS

(PAUL-ALEXANDRE)

1660
4.000

65 — Bataillon de chasseurs en réserve.

Exposé au Salon de 1878.

Toile. Haut., 78 cent.; larg., 1 m. 10 cent.

PROTAIS

(PAUL-ALEXANDRE)

380
600

66 — Chasseur au repos.

Toile. Haut., 23 cent.; larg., 15 cent.

ROQUEPLAN

(CAMILLE)

235
400

67 — Le Notaire dans son étude.

ROUSSEAU

(PHILIPPE)

670
800

68 — Singe agaçant une tortue.

Bois. Haut., 32 cent.; larg., 44 cent.

ROYBET
(F.)

69 — Le Chanteur.

Il porte un costume vénitien, il est assis et chante en s'accompagnant de la mandoline.

Toile. Haut., 1 m. 34 cent.; larg., 1 m. 05 cent.

TOULMOUCHE

70 — Jeune Femme en buste.

Bois. Haut., 14 cent.; larg., 10 cent.

TROYON

71 — Paysage.

Effet de soleil couchant. — Etude.
Provenant de la vente après le décès de l'artiste.

Bois. Haut., 21 cent.; larg., 29 cent.

WATELIN

72 — Vue dans la forêt de Fontainebleau.

WORMS
(JULES)

72 — *bis*. Le Maréchal ferrant.

TABLEAUX ANCIENS

DE TROY

(FRANÇOIS)

73 — Portrait d'un jeune prince.

GÉRICAULT

(THÉODORE)

74 — Tête de cheval.

Etude.

GÉRICAULT

(THÉODORE)

75 — Croupes de chevaux.

Belle et vigoureuse étude du maître.

JORDAENS

76 — Tête d'homme.

Esquisse.

Toile. Haut., 45 cent.; larg., 38 cent.

MICHEL

(GEORGES)

77 — Paysage accidenté.

Toile. Haut., 25 cent.; larg., 3? cent.

PATER

(Attribué à JEAN-BAPTISTE)

78 — La Ferme.

Toile. Haut., 22 cent.; larg., 30 cent.

PIAZETTA

79 — Un Homme tenant une épée.

RICCI

(Attribué à)

80 — Vénus tenant l'Amour endormi.

RUBENS

(D'après)

81 — Le Denier de César.

SWEBACH

(DEUX PENDANTS)

82 — Soldats à cheval.

Toiles ovales. Haut., 40 cent.; larg., 31 cent

VALLAYER COSTER

(MADAME)

83 — Fleurs dans un vase.

WATTEAU

(D'après ANTOINE)

84 — Les Danseurs.

Bois. Haut., 29 cent.; larg., 31 cent.

ÉCOLE FLAMANDE

85 — Danseurs dans un estaminet.

Toile. Haut., 47 cent.; larg., 56 cent.

ÉCOLE VÉNITIENNE

86 — L'Assomption de la Vierge.

Toile ovale. Haut., 65 cent.; larg., 50 cent.

ÉCOLE VÉNITIENNE

87 — Une Sainte adorant l'Enfant Jésus qui est sur les genoux de sa mère.

Toile. Haut., 50 cent.; larg., 42 cent.

88 — Sous ce numéro seront vendus les tableaux non catalogués.

AQUARELLES & DESSINS

BARYE

245

89 — Cerfs dans des rochers.

Aquarelle.

Toile. Haut., 20 cent.; larg., 25 cent.

BISÉO
(C.)

200

90 — Une Ruelle à Tivoli.

Belle aquarelle.
Signée et datée 1873.

Toile. Haut., 44 cent.; larg., 18 cent.

BONVIN

91 — La Repasseuse.

Crayon noir.

DAUBIGNY

92 — L'Arno, à Florence.

Fusain.

GÉRICAULT
(TH.)

93 — La Halte du postillon.

Beau dessin, à la mine de plomb.

HEILBUTH
(F.)

94 — Religieux causant sur la terrasse du couvent.

Aquarelle.

Haut., 30 cent.; larg., 22 cent.

HEILBUTH
(F.)

95 — La Confidence.

Aquarelle.

Haut., 25 cent.; larg., 18 cent.

HUBERT-ROBERT

(DEUX PENDANTS)

96 — Vues des ruines de l'Hôtel-Dieu, après l'incendie de 1772.

Très belles aquarelles.

LAMY

(EUGÈNE)

97 — Dupin aîné, président de l'Assemblée constituante de 1848, faisant son entrée quotidienne à la Chambre.

Aquarelle.

Haut., 20 cent.; larg., 32 cent.

LUNA

(CHARLES DE)

98 — Bataille de l'Alma.

Aquarelle.

Haut., 26 cent.; larg., 33 cent.

MILLET

(JEAN-FRANÇOIS)

99 — Le Troupeau d'oies.
Vente Sensier, n° 190 du Catalogue.

Jolie aquarelle.

Haut., 23 cent.; larg., 36 cent.

ROSA BONHEUR

100 — Première pensée du marché aux chevaux.

Mine de plomb.

101 — Sous ce numéro seront vendus les aquarelles ou dessins non catalogués.

RED. :

21

MIRE ISO N° 1

NF Z 43-007

AFNOR

Cedex 7 - 92080 PARIS-LA-DÉFENS

graphicom

0 1 2 3 4 5 6 7 8 9 10

www.ingramcontent.com/pod-product-compliance
Lightning Source LLC
LaVergne TN
LVHW010454060726
842527LV00005B/1806